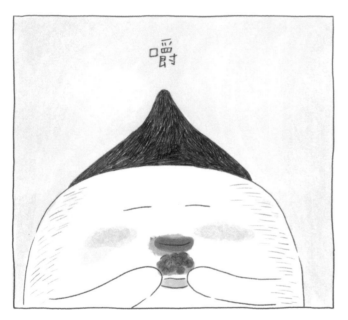  

啊姆要吃好多好多

李芝殷/文圖　賴毓棻/譯

啊姆要吃
好多好多
啊姆要吃
好多好多

啊姆

啊姆

ㄚㄇㄨ ㄚㄇㄨˊ
ㄚㄇㄨˇ ㄚˊㄇㄨˊ

ㄚˊㄇㄨˇ
ㄚˊㄇㄨˊ
ㄚ ㄇ ㄨˇ

ㄚㄇㄨˇ 阿ㄇㄨˇ ㄚ母 阿母
ㄚㄇㄨˇ 啊ㄇㄨˇ 啊母

啊ㄇㄨˇ ㄚ阿 啊姆 ㄚㄇㄨˇ ㄚ姆
阿姆 ㄚ啊姆 啊姆 啊姆 啊姆
啊姆 啊姆 啊姆 啊姆 啊姆 啊姆

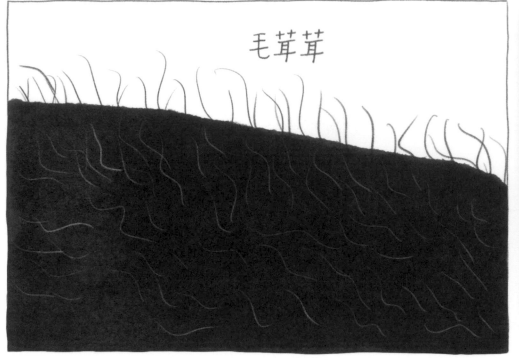

毛茸茸

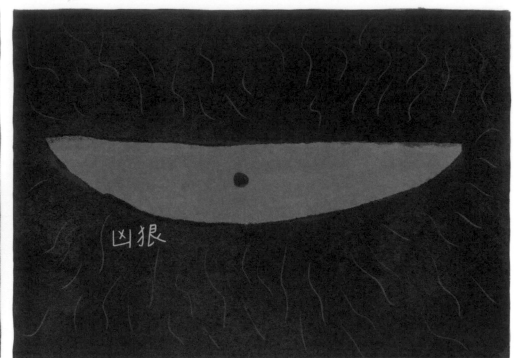

凶狠

尖銳

超級嚇人

我們絕不能就這麼被
啊姆啊姆的吃掉！

我們也可以挺身奮戰！

對！　　　　沒錯！

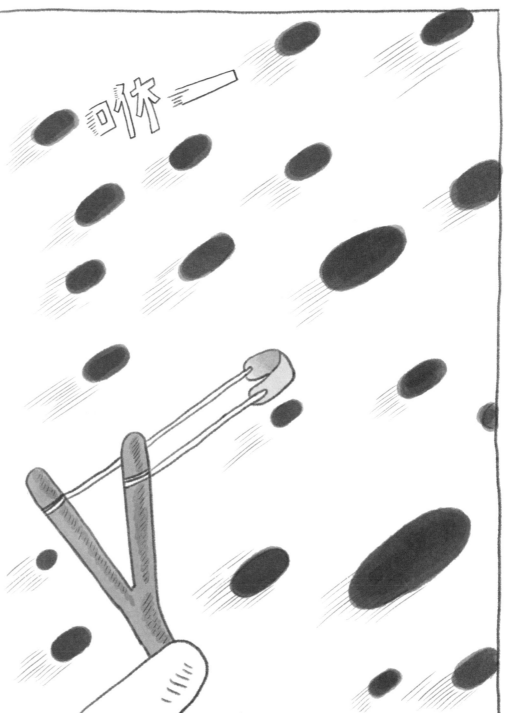

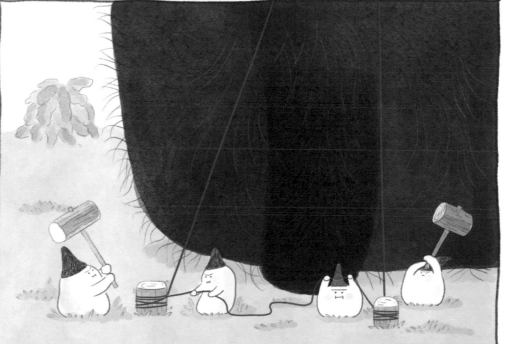

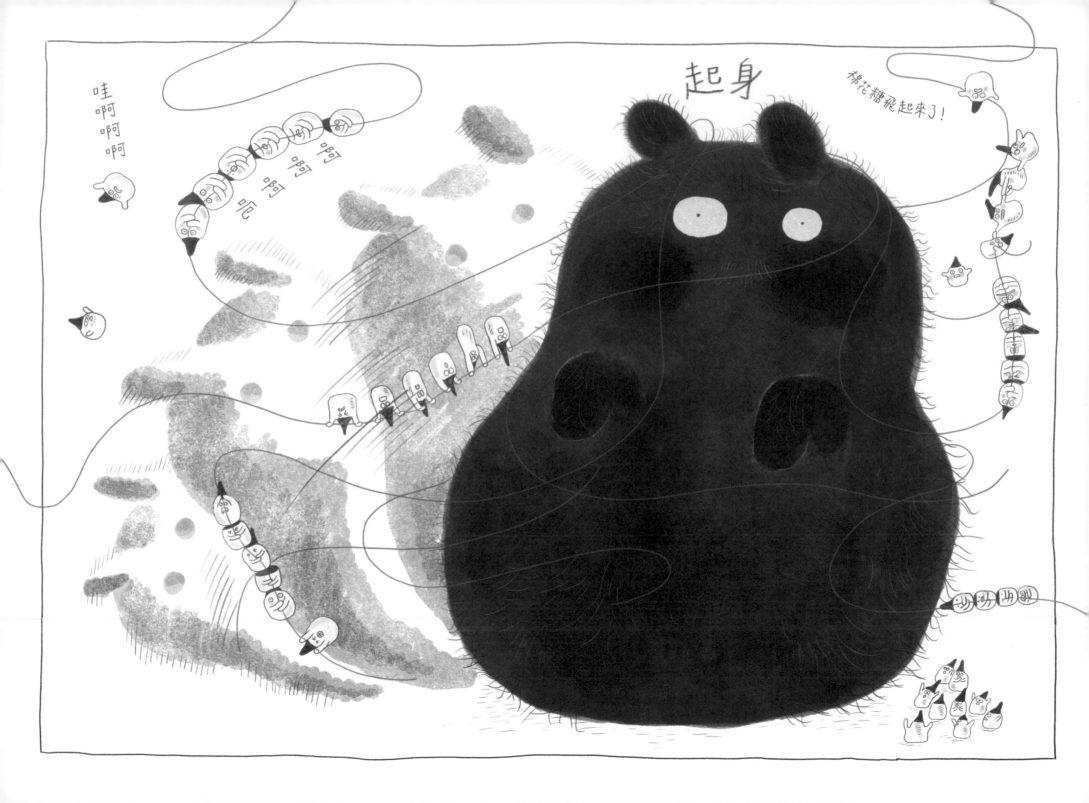

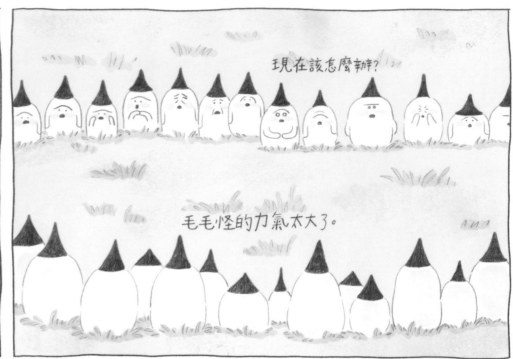

現在該怎麼辦?

毛毛怪的力氣太大了。

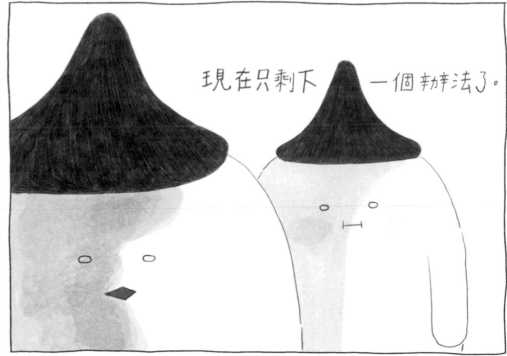

現在只剩下 一個辦法了。

毛毛怪真的想要啊姆啊姆吃掉我們嗎？
可是他到現在什麼都還沒做耶。

他有尖尖的指甲、
黑漆漆的毛髮、
像打雷一樣大的聲音，
骨體型也非常嚇人。
如果我們什麼都不做，
就會被啊姆啊姆吃掉的。

發射!

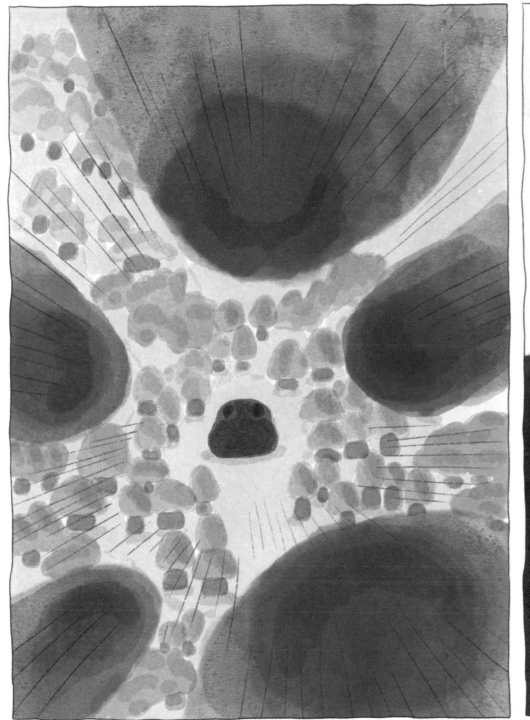

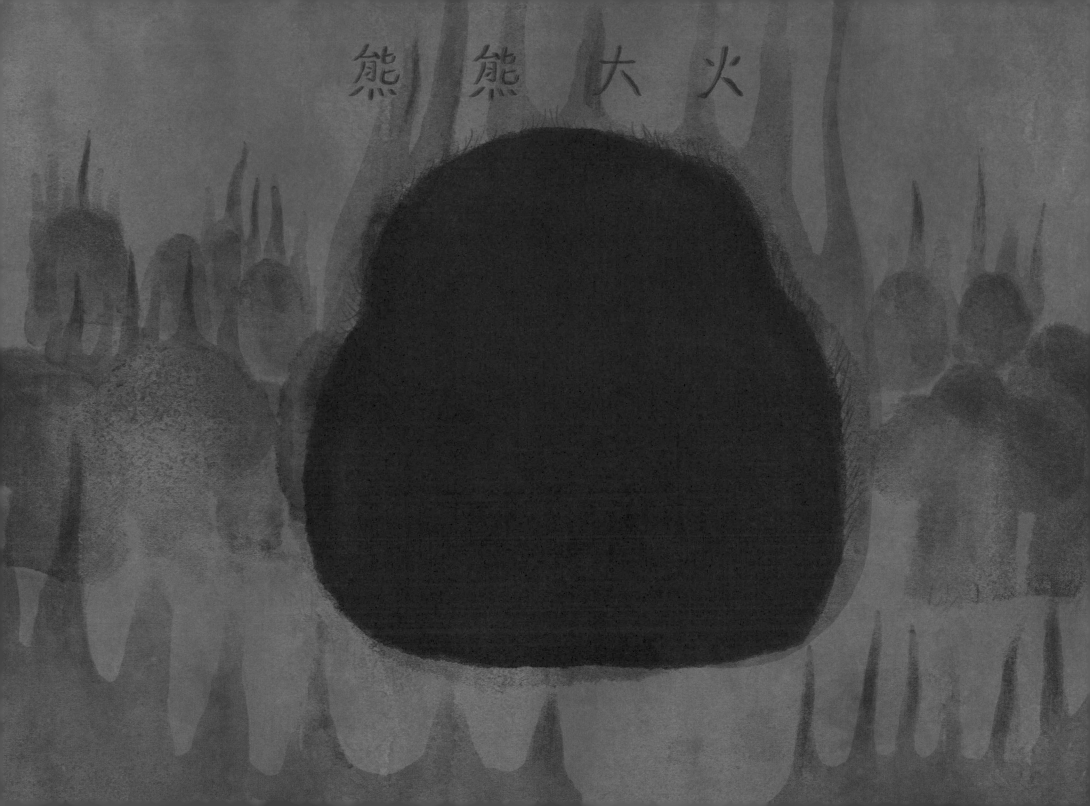

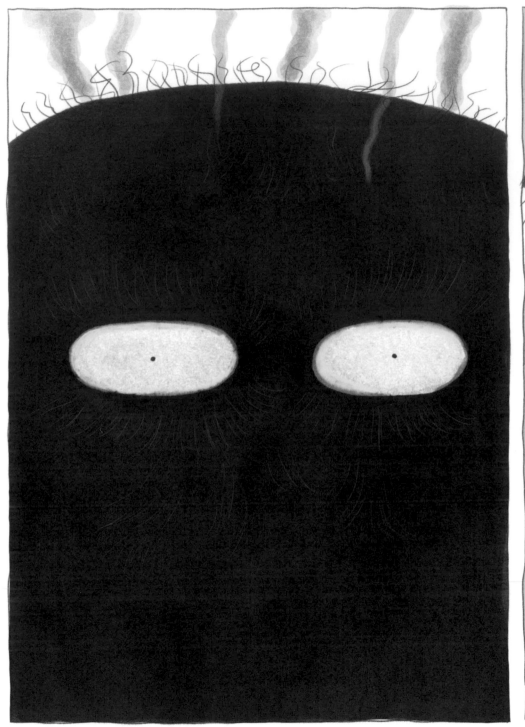

呼……差點就被烤焦了。

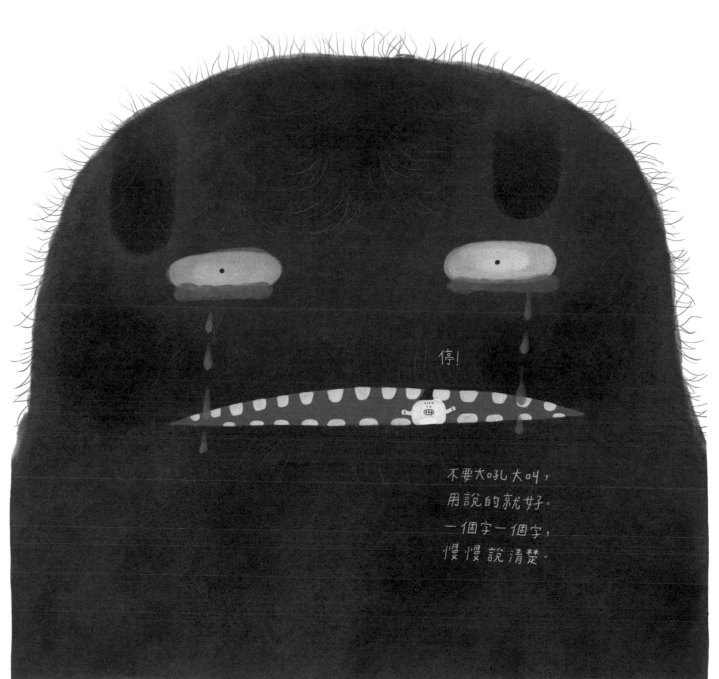

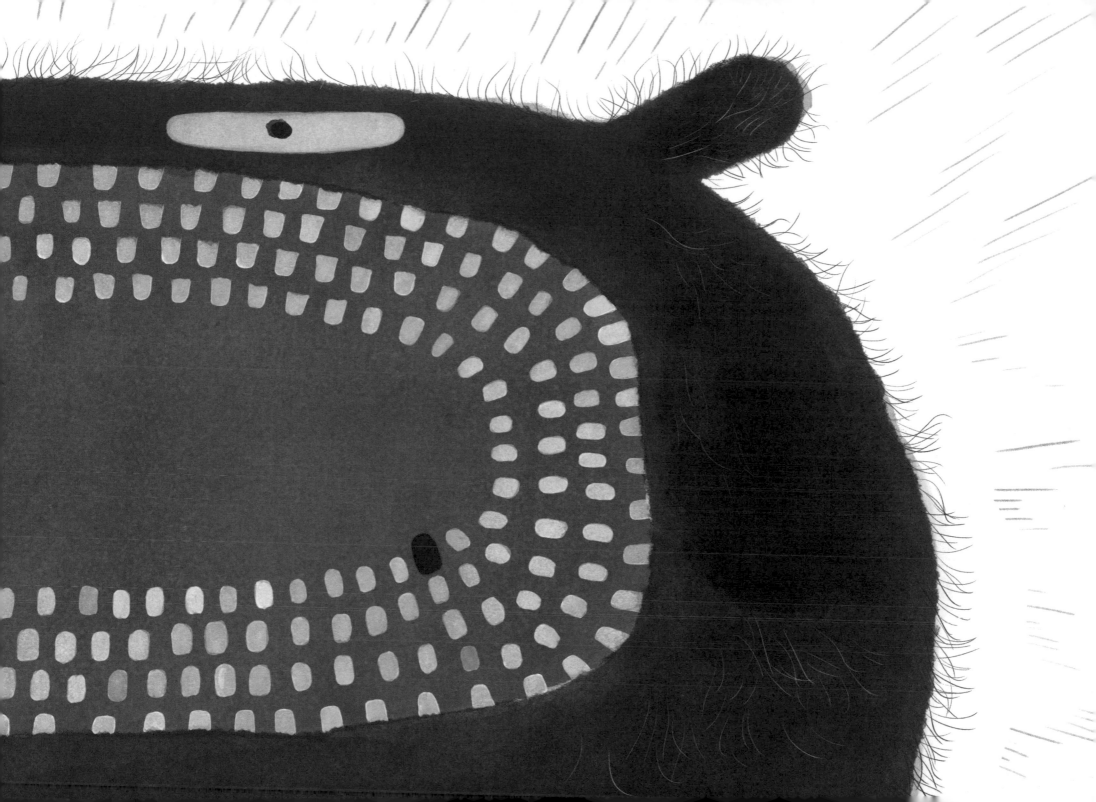

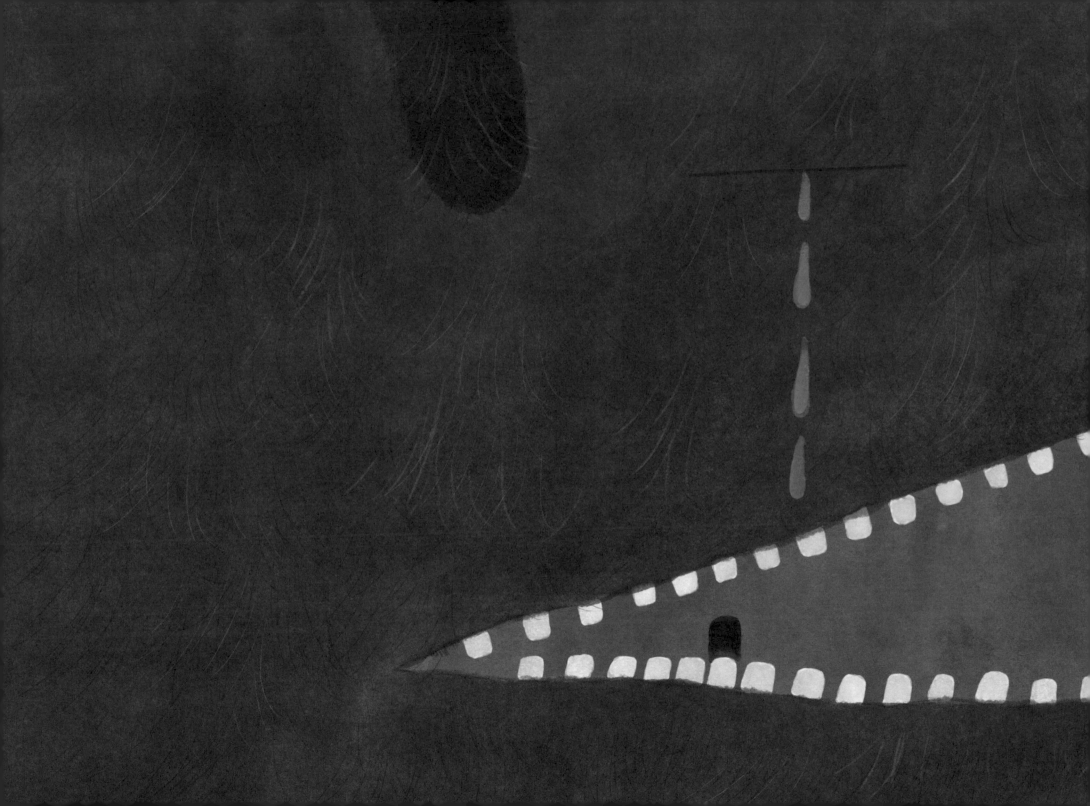

啊嗚牙齒好痛好痛

啊姆要吃好多好多……

啊，原來是這樣

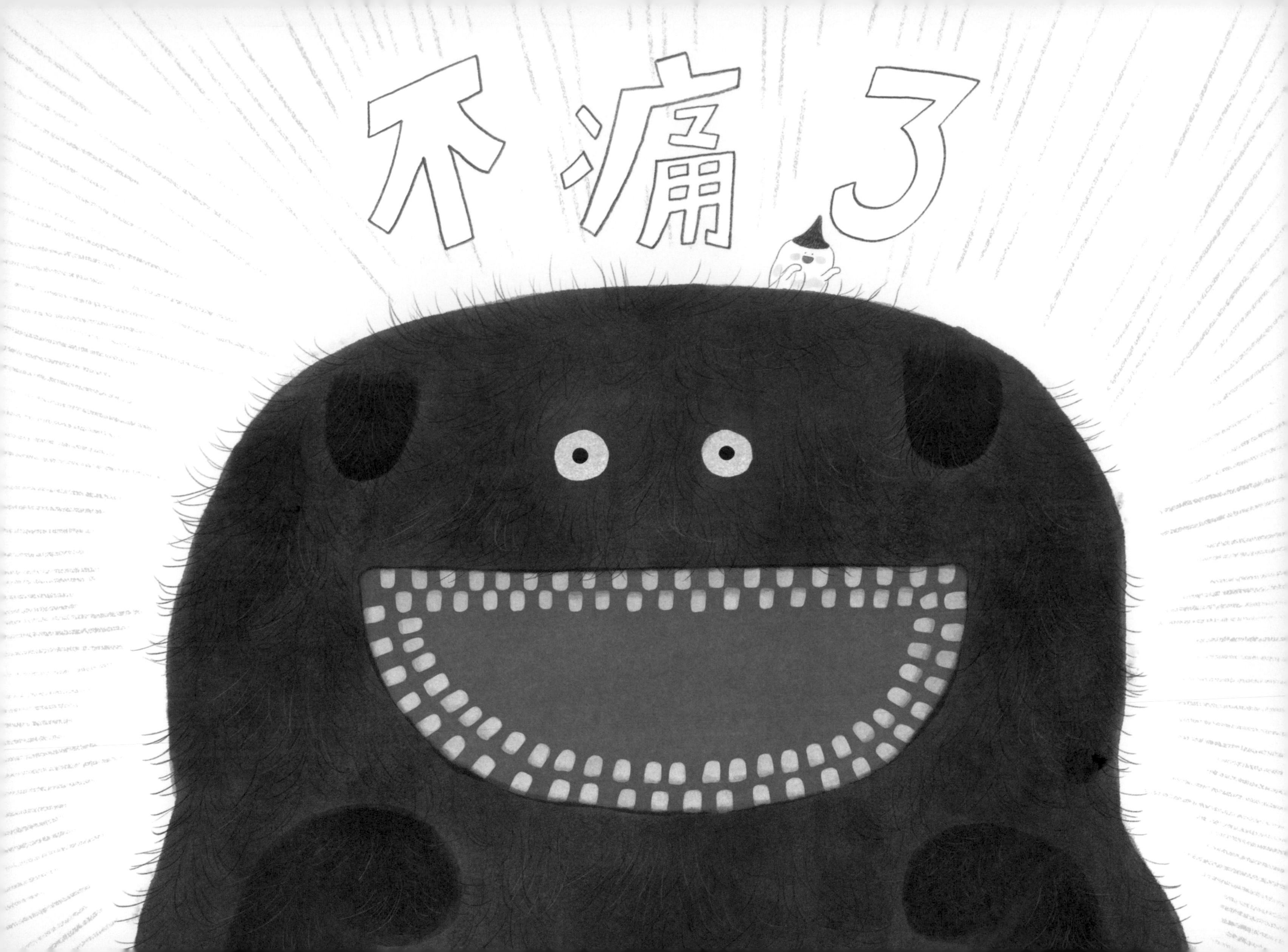
不痛了

「我將養育大狗『小空』時親身碰到的偏見與誤會,以及如何化解的經驗為靈感來源,創作了《啊姆要吃好多好多》這本書。
各位心中的毛毛怪是什麼呢?請試著鼓起勇氣傾聽一下,這樣心情就會變好唷。啊姆啊姆。」

李芝殷

繪本作家,個人創作有《紙爸爸》(暫譯)、《我的阿嬤媽媽》、《尋找漿果的過程……》、《剉冰傳說》(暫譯)等作品。

♥iREAD
啊姆要吃好多好多

文　　　圖	李芝殷
譯　　　者	賴毓棻
責 任 編 輯	陳奕安
美 術 編 輯	陳子蓁

發 行 人	劉振強
出 版 者	三民書局股份有限公司
地　　址	臺北市復興北路 386 號 (復北門市)
	臺北市重慶南路一段 61 號 (重南門市)
電　　話	(02)25006600
網　　址	三民網路書店 https://www.sanmin.com.tw

出版日期	初版一刷 2021 年 6 月
書籍編號	S859561
I S B N	978-957-14-7185-3

이파라파냐무냐무
Copyright © 2020 by Yi Gee Eun
All rights reserved.
Original Korean edition published by Sakyejul Publishing Ltd.
Complex Chinese Translation rights arranged with Sakyejul Publishing Ltd.
Through M.J Agency
Complex Chinese Translation Copyright © 2021 by San Min Book Co., Ltd.